KB046200

어제가
내일이었으면
좋겠다

현재를 사는 과거형 인간의 기록

어제가
내일이었으면
좋겠다

현재를 사는 과거형 인간의 기록

문현기 지음

목
차 「1부 : 아무래도 무언가 두고 온 거 같아 」

2부 : 먹고 산다는 것은

1부

아무래도 무언가
두고 온 것 같아

옛날 어린이들은

옛날 어린이들은 호환, 마마, 전쟁 등이 가장 무서운 재앙이었으나
현대의 어린이들은 무분별한 불량/불법 비디오를 시청함으로써,
비행 청소년이 되는 무서운 결과를 초래하게 됩니다.
우수한 영상 매체인 비디오를 바르게 선택, 활용하여
맑고 고운 심성을 가꾸도록 우리 모두가 바른 길잡이가 되어야겠
습니다.
한 편의 비디오, 사람의 미래를 바꾸어 놓을 수도 있습니다.

* 1990년 초, 문화부 기획으로 이 시기에 제작된 모든 비디오테이프에 들어간 공익 광고

리와인드

우리는 과거를 더듬는 현재의 유령.
눈을 감고 어둠을 응시하세요.

투명한 비닐 포장지를 뜯고
철컥, 기억을 데크에 밀어 넣으면
검은 회전목마가 돌아가기 시작합니다.

늘어난 줄을 잡고 날 데려가 줘요.
되감고 싶은 곳은 어디인가요?
빨리 감고 싶은 곳은 어디인가요?

믹스테이프에서 흘러나오는 멜로디.
흥얼거려보지만 오래전에 제목을 잊은 노래.
그 노랫말을 기억할 수 있을까요?

빨리 감고 싶은 곳은 어디인가요?
되감고 싶은 곳은 어디인가요?
늘어난 줄을 잡고 날 데려가줘요.

게임의 역사

아저씨 얘기 좀 들어봐.

그러니까 자그마치 27년 전, 1993년의 봄에는 말이지.

오락실이라는 곳에서만 게임을 할 수 있었어.

거기까지 가기가 만만치 않는데,

일단 선생님의 눈을 피해 학교에서 일찍 나와서 시간을 벌고

엄마 몰래 챙긴 동전 한 줌이 호주머니에서 짤랑거리는 소리를 내

어야만

퀴퀴한 지하층에 반짝이는 화면이 가득한
오락실의 문을 열 수 있는 거야.

스트리트파이터2가 최고의 인기였고
동전이 진짜 피라미드처럼 쌓여 있었단 말이야.
거기로 가면 안 되는데, 훈수꾼 하나.
얍사비 한 번만 더 써봐라, 깡패 하나.
1분 뒤에 우리는 헤어질 운명이었으나
그 순간은 모두 화면의 같은 곳을 보고 있었단다.

패미컴이 한국에 수입됐고,
슈퍼마리오3가 없는 집이 없었지.
2인용으로 형제간 우애를 나눌 수 있는 건 좋았는데 말이야.
애석하게 2p의 루이지는 차남이라 그런지
마리오에 비해 물려받는 아이템이 없어서,
형이 하늘을 유유자적하는 동안 동생은 뭐 빠지게
거북이 등 깍지의 잔해를 밟아 나가야만 했다.

뉴스에선 TV로부터 1미터 떨어진 곳에서
게임을 해야 한다고 했지만
조이 패드의 전선이 1미터가 안 됐으니
애초에 이뤄질 수 없는 안전거리였다.
사실 보도가 생명인데,
마리오 한 판 안 해보고 기사를 쓰셨는지.

그리고는 비디오 게임 간질 괴담이 돌고
집집마다 베란다 밖으로, 더 밖으로 던져진
부서진 패미컴이 하늘로 높이 날아가는 동안
세가새턴, 드림캐스트, 플레이스테이션을 거쳐
삼국지, 피파2000, 리니지, 와우를 지나 우리는

PC방에서 모이고,
플스방에서 헤어졌다가
회사의 면접 대기실에서 모이고,
누군가와 만났다 헤어졌다가
회사에 들어가고 인생의 평생 동반자를 만나서
아내에게 구박받는 게임 라이프를 하고들 있다.

이제는 느긋한 주말에
편한 소파에 기대 게임 한판 하고,
새 게임도 넉넉히 모을 만큼 풍요로워졌지만
93년의 우리 형과 친구들은 모두 어디로 갔는지,
패미컴과 함께 부서진 즐거움은 여전히
하늘 위를 부유 중인가 보다.

밥밥밥

바보상자였던 TV가 이제 밥통 비슷한 게 됐다.
밥을 해 먹고 전국에서 밥을 찾고
외국에서 밥 먹고 외국인한테 밥 먹이고
술 권하던 사회가 밥 권하는 사회가 될지 누가 알았을까?

이상하네, 내가 TV를 켰을 땐
만화잔치도 열리고 즐거운 토요일도 있고
책책책도 읽었는데.

삶의 모든 공허를 허기로 진단할 셈인지,
고민이나 이런 것들
그저 먹으면 다 해결되는 건지.

두말없이, 고민 없이, 명쾌하게.
한 술 잘 뜨는 사람이 으뜸이다.

쌍쌍바

둘이 나눠 먹으라는 이름이지만
홀로 먹는 때가 더 많았다.

2인분 같은 1인분을 누리던 그 시절의 사치에
녹아 잊힌 것은 무엇이었을까?

아서라, 슬픈 도전.
한 번도 정확하게 반을 가른 적이 없다.
과하게 쪼개진 마음은 흉하고
빈하게 쪼개진 마음은 아팠다.
어느 쪽이든 검게 흘러내려 있는 것은 매한가지였으니,
나눌수록 서러운 일도 있었구나.

'쌍'으로 시작하는 말 중 가장 달콤했던 이름.
다시 나눠 먹기에는 검고, 차가운 거울.

앙상한 가지만 남은 두 개의 막대기가
서로 다른 쪽을 가리키고 있다.

장래 희망

얼마 전 뉴스에서 '초등학생 장래 희망 순위'에 관한 기사를 봤다.
내가 어릴 때랑 지금 아이들이 꿈꾸는 직업이 많이 달라졌구나.

대한민국에서 학교를 다녀본 사람이라면
장래 희망을 학년이 바뀔 때마다 써내고,
수없이 바뀌는 경험을 해봤을 것이다.

장래 희망은 우리가 저지른 첫 번째 실패였을지도 모른다.
'장래'에 '희망'할 시간이 부족해질수록,
내 꿈을 틀에 맞춰가는 일.
어른들이 '어른이 됐구나'라고 하는 그 일.
'단래 희망'을 써서 내라고 한 선생님은 한 분도 없었다.
지금 행복해지는 것보다 중요한 일은 없었을 텐데.

나인티스 키드

저희는 조오련과 바다거북의 대결을 꿈꾸는
낭만의 세대는 아니었지만,
그래도 나름의 히어로가 있었어요.

서용빈 유지현 김재현 신바람야구 트리오.
후인정 백어택 현주엽 선수는 레이업을 잘하구요,
하늘을 나는 마이클 조던과 땅을 달리는 황영조.
작은 땅콩 김미현 박세리는 연못에서 공을 막 퍼올리고
그러고 나면 태극기가 퍼얼-럭.

베테랑이 되고 레전드가 되었다가 감독이 돼버린 당신들.
다저스의 박찬호 글로리 맨유 박지성 덕분에 잠을 못 자.
안정환이 한국 최고의 축구 선수라고 암만 얘기해도, 아내는 손흥민만 좋아하고.

TV에 당신들이 나오는 것만으로 기쁜 시절이 있었는데.
당신은 경기장을 잃었고 우리는 관중석을 잃었네요.
이제 우리는 서로의 무엇을 응원해야 할까요.
주말 예능에서 어색하게 웃고 있는 당신을 바라보며.

만화동산

일요일의 늦은 아침.
졸린 눈을 비비며 나오는 아내.
유튜브에 접속해 TV 화면으로 '만화동산'을 틀어줬다.

벽난로라도 되는 양 아내는 그 앞에 쪼그려 앉아서,
익숙한 온기를 쪼이고 있다.

우리의 신나는, 우리의 즐거운 , 만화잔치.

긴 겨울

신호등 사탕.
빨간 맛 앞에 서 있다.
발을 동동 굴러봐도 밀어낼 수 없는
쫀드기처럼 긴 나의 겨울.

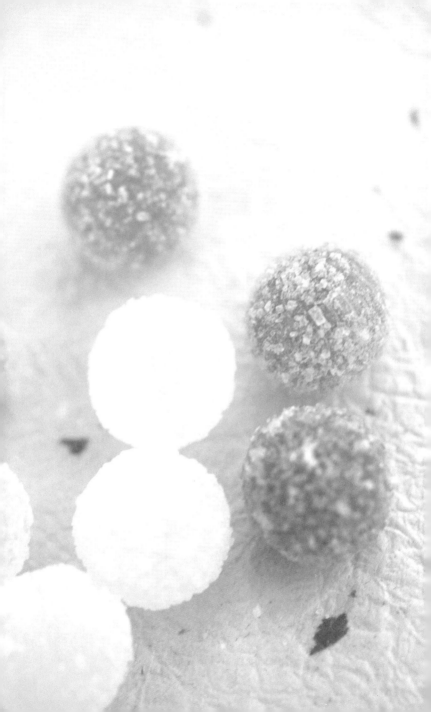

열쇠 없는 날

도어락이 없던 초등학생 시절.
열쇠를 챙겨가지 않은 하굣길엔 아파트 복도를 서성이며
형이든 엄마든 열쇠를 갖고 있는 누군가가 오길 기다려야 했다.

미원 공장 굴뚝의 연기가 노을에 붉게 물들어가는 하늘과
충충이 울려퍼지는 두부장수의 하얀 종소리.
놀이터에 삼삼오오 모여드는 아이들을 하염없이 바라보며
가족들을 기다리던 오후.

사람이 사람의 열쇠였던 때가 있었지.

힙합 키즈

내가 기억하는 힙합은 클럽 마스터 플랜과 상아레코드.
바운스 잡지를 구해보면서 그해 나올 대한민국 컴필레이션 앨범
을 기다리던
아주 오래된 힙찔이었다.
구로동이 의류공장이던 시절에
나는 처음이자 마지막 푸부 배기팬츠를 샀다.

나의 아티스트들,
영어 랩을 잘하던 MC는 영어강사가 됐고
돈 자랑을 잘하던 래퍼는 편의점 알바를 한다.
디스로 삿대질을 하던 MC는 랩트레이너가 됐더라고.
나도 그런 멋진 랩을 해보고 싶었는데,
정석을 풀 때 흥얼거려보는 게 전부였어.

사라진 랩네임과 읽히지 않은 라임들.
유튜브, 쇼미, 폭발하는 플랫폼을 즐겁게 소비하는 마음 한 구석에는
지금 흘러넘치는 플렉스의 반의반이라도
그 때 그들에게 나눠졌더라면- 하는 아쉬움이 든다.

죽은 개에게

찌루야, 너랑 나랑 월드컵을 4번 올림픽을 5번 같이 봤지.
한 이불 속에 드러누워 내 허벅지에 턱이 찌그러진 채로 잠든 밤
도 많았고.
쌀밥, 반찬, 피자, 수박, 과자, 나눠 먹은 것도 참 많았다.
이해도 못할 사람의 말로 네 눈을 보며 말도 참 많이 걸었고-

너를 보낸 날, 나는 회사에 있었는데
빈 사무실에 숨어 들어가 펑펑 울었다.
그곳에선 잃었던 시력도 되찾아서 좋은 것만 보고 살았으면 좋겠다.
나중에 티비에서 본건데 인간의 1년은 개의 7년이라고 하더라.
그걸 알게 된 이후로 나는 내가 용서가 안 되더라고.
고등학교 대학교 군대를 졸업하는 동안 그걸 몰랐어. 내가 좀 더
일찍 알았더라면-

맹목적인 얼굴로 오로지 나만 바라보는
내가 세계의 전부였던 나의 죽은 동생.
보고 싶다.

화양연화

아비정전에서 장국영을 처음 봤을 때,
나는 생각했다.
저 사람의 넘치는 자신감이
실제보다 저 남자를 더 큰 사람처럼 보이게 하는구나-라고.

비단 배우뿐이 아니다.
1980년대의 홍콩은 그러한 역동성으로 꽉 차 있는 섬이었을 것이다.

이제 홍콩에서 그런 감상을 떠올릴 사람은 없다.
시민의 분노가 만들어내는 분진.
내 조국의 을씨년스러운 기시감.
영화보다 뉴스의 배경으로 더 자주 만나는 곳.

주윤발, 안녕.

장국영, 안녕.

영웅본색, 첩혈쌍웅, 화양연화 모두 안녕.

봄이 지나간 옛 도시를 걷는다.

나의 아이폰

책장을 한 장 넘기고
주머니에서 스마트폰을 꺼내어
인상 깊은 구절을 사진 찍는다.

그럴 필요 없다는 듯
구글에서 책 제목을 찾아보면
아이폰은 이미 수많은 문장을 외우고 있다.

지금이 몇 시인지도
홍대에서 신촌 가는 가장 빠른 길도
나는 모른다. 다 알고 있는 너에게 묻는다.

때로는 내가 너라는 신을 모시는 영매와 같다.
세상이 좁아진다고 한들
6인치 사이즈의 우주가 될 줄은 나는 몰랐다.

작두 타듯 미끄러지는 손가락이
너른 화면을 춤추며 너를 불러낸다.

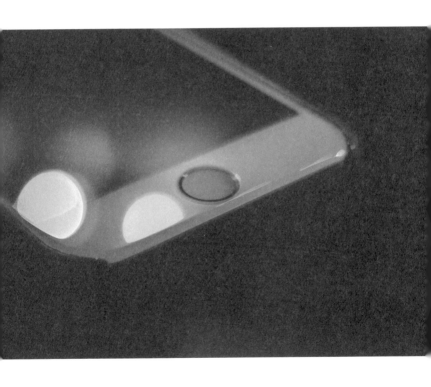

양치

하루 세 번, 3분씩.
이를 가지런히 모으고 기도 드리는 습관.

건치만 바라보고 솔질만 한다.
마음을 닦는 시간.

칫솔질에 아버지가 떠오른다.
칫솔질에 어머니를 떠올린다.
칫솔질에 아내, 형님,
가버린 우리 막내 찌루 생각이 난다.

치약은 아무것도 고쳐주지 못하는데 왜 '약'이라고 부를까.
눈물이 아니야, 새 치약이 매워서 그럴 테지.

소중한 것들은 앞니와 사랑니처럼 멀리 있고
가까운 것들은 송곳니처럼 뾰족들하다.
그런 삶의 이, 치 같은 것을 발견할 때 즈음.

거품 물을 일이야 많으니
바로 뱉어버린다.

1월 복기

1월.
마침내 올해의 연도를 말하면서 욕지거리를 하지 않게 되었다.
안녕, 병신년(丙申年).
잘 가, 십팔년(十八年).
시작이 좋은데.

January
처음으로 넷플릭스를 결제했다.
양질의 미제 드라마에 책도 놓고 글쓰기도 놓았다.
아내는 대화도 내려놓았다.
티비를 켜면, 우리 집 거실에 미국의 온기가 흘러 기분이 좋았다.

日. 月
여느 달과 다름 없이
해가 뜨면 집을 나섰고 달이 뜨면 집에 돌아왔다.
땅 짚고 헤엄치는 데 몰두하느라
한 치 앞에 있는 일식과 슈퍼 문 소식을 애먼 TV로 접했다.
매년 만나는데도 낯가림이 사라지지 않는
내 35번째 새해 다짐에
46억 살 먹은 해님과 달님의 손발이 오그라들었다.

어제가 ─────
내일이었으면
───── 좋겠다

오늘이 무슨 요일이더라

월요일, 이제 막 태어나다.
잘해보려고 해도 서투르고
알아가기에 시간이 너무 짧아.
화요일, 팔을 걷어 부치고.
수요일, 더 빨리 더 많이!
가족 친구 다 잊고 나의 길을 가련다.
목요일, 근데 있잖아.
금요일에 가본 사람 얘길 들었는데
거긴 되게 편하대 솔깃한 귀.
금요일, 무언가를 시작하기엔 늦은 시간.
월요일로 돌아갈 수만 있다면! 무엇이든 할 텐데!
무엇이든 안 할 거면서. 할 수 있었는데 안 했잖아—
그런데
오늘이 무슨 요일이더라?

우리

우연히 꺼내든 사진을 보며
스무 살의 우리를 떠올린다.
카페 극장 서점에 머물렀던 흔적은 어디로 갔는지.

생기 있는 말과 흥미로운 대화,
묘하게 겹치는 관심사 고상한 취미들.
우리는 서로가
서로를 닿지 않았던 곳으로 보내주기를 바랐지만.

그때 즐거웠던 것들이 이제 즐겁지 않고,
그때 아팠던 것들이 지금 떠올리면 웃음만 나오는 게.

'우리'라는 이름이 얼마나 불완전한 구조였던지, 이제야 알겠다.
'우리'라는 이름으로 묶을 수도 없을 만큼 흩어져 버렸으니.

어제가
내일이었으면
좋겠다

할 말

술만 들어가면 할 말이 그렇게나 많던 선배들은
오래 걸어온 길에서 할 말을 다 잊었는지
인생이라는 재판에서 함구라도 지시 받았는지
말없이 술잔만 기울인다.

그들의 흥분을 불러일으켰던 독한 소주가
이제는 그들을 잘 타이르고 달래는
순한 소주의 시대가 되었다.

이제 할 말이 없나요, 우리 할 말 참 많았는데
할 말만 삼키고들 있네요.

애는 잘 커요, 제수씨는 잘 지내니,
서로에게
서로가 아닌 사람들의 소식만 줄기차게 묻고
생의 궤도가 크게 이탈하지 않았음을 체크하고
서로의 맞은편에서 택시를 기다리며

갈 길 간다.

경계선

나는 근저를 알 수 없는 패배주의의 숭배자이다.
처음 달빛요정역전만루홈런의 노래를 들었을 때,
다자이 오사무나 부코스키의 글을 읽었을 때처럼.

시 세계와 같은 것은 전혀 모른다.
내 글은 대부분 반성문이다.
그랬어야 했거나 그러지 말았어야 했다는.
나는 지나간 것들의 불가항력을 사랑할 뿐이다.

오늘도 알약을 두 개나 입에 털어 넣었다-
여기까지만 썼으면
나를 자기 파괴적인 자칭 예술가로 여길지 모르겠지만,
내가 먹은 약은 사실 영양제와 종합비타민이다.
내일도 건강하게 보내고 싶다.
꿈이나 이상 같은 것들이 겨울 감기처럼 꾸준히 찾아와 몸져눕게
하지만,
모든 것을 던질 만큼의 깜냥이 없는
먹고 사는 일의 건전함이 나를 늘 둘러싸고 있다.

역으로,

그 건전함이 나를 지켜주고 있음에 추호의 의심도 없다.

즉,

나는 이쪽과 저쪽의 경계에 서서

오도 가도 못하는 글을 쓰는 사람이다.

싼 술

내 나이는 35년산.
와인이나 위스키는 이 정도면 대접받던데.

무언가에 잔뜩 취하기는 했는데,
아직도 머리 아픈 생(生)인 것을 보니
아무래도 좋은 술은 아닌 듯하다.

어제가
내일이었으면
좋겠다

별 점

옛 짐 정리를 하다가, 초등학생 때 썼던 일기를 찾았다.
나는 관심이 없지만, 아내에게는 보물이다.
덜떨어진 내 글이 그렇게 웃기는가보다.

담임 선생님은 일기장에 별 도장을 찍어줬다.
나는 대부분 5개 만점에 2, 3개의 별을 받았다. 그리곤 늘 같은 코멘트.
'일기를 좀 더 길게 쓸 것'.

오늘 쓴 보고서는 반려를 받았다. 결재 의견엔
'장황하게 쓰지 말고, 요점만 담아 한 장으로 정리할 것'.

문득 나의 선생님들께서 이 책에는 별 도장을 몇 개 찍어주실지
궁금해졌다.

가위바위보

가위, 바위, 보.
공정해 마지않던 우리들의 손(手)로몬.
잠깐, 잠깐만, 남들은 못 보게 뒤돌아서서
깍지 속에서 우리가 보았던 정답은 무엇이었을까.

삼십오 년을 미룬 인생과의 담판.
단 한 번, 딱 한 번의 대결로 되돌릴 수 있는 기회가 주어진다면
나는 어떤 패를 내밀 것인가.

쌀보리 게임

벼는 익을수록 고개를 숙인다는데
우리는 영글기 전에 고개 숙이는 것부터 배웠다.

쌀보리~보리보리쌀!
한 줌 남김 없이 털린 것들.
겸손도 뭐가 있는 사람이 해야 티가 나지.

어제가
내일이었으면
좋겠다

이제야 말을 잘 듣는다고, 철이 든 것이라고.
아픈 게 청춘이면, 우리의 청춘은 선천성 질환이다.
수직의 구조에서 수평을 배우는 참신한 21세기.

벼꽃은 딱 하루만 핀다지만 그것은 알고 있는지.
보리의 꽃말은 '일치단결'이라는 것을.

나의 회색 도시

생각해보면 90년대의 서울이
초원이 펼쳐진 목가적 낭만이 흐르는 곳이 아니고
풍족한 삶의 여유를 만끽하던 지상 낙원은 더욱 아닌데
그럼에도 불구하고 크게 다를 바 없는 20년 전으로 돌아가고픈 건
지금보다 덜 잔인하고 조금은 순진함이 묻어 있었기 때문일 거야.

나의 꿈의 도시.
꿈의 시대라고 부를 수 있는 건,
평생 꿀 꿈을 그때 다 꿔서 그런 걸지도 몰라.
갚지도 못할 만큼 꾸어놓은 꿈이 많아서.
'레트로'나 '노스탤지어'라고 부르기엔 너무 거창한,
그냥 그랬지만 사랑스러운 나의 회색 도시.

어제가
내일이었으면
좋겠다

분실물

아무래도 무언가 두고 온 것 같아.

정처 없이 걷다가
문득 생각나는 것들에 뒤를 돌아봤다.

뒤는 선명하고 앞은 흐릿한데,

놓고 간 것들을 모두 되찾으려면
나는 얼마만큼의 길을 되돌아 걸어야 할까.

매달리기

학교 다닐 때, 체력장 시간에
100m 달리기를 가장 잘하는 아이가 반에서 인기였다.
불꽃놀이를 보는 기분이었지.
펑, 하는 신호와 함께 화려하게 타들어가는 심지들.

건조한 일상을 지탱해가는 어른의 머리로 떠올려보니
운동장 한편 아무도 봐주지 않았던
철봉에 매달려 턱걸이를 잘하는 인기 없는 아이가
지금도 사회의 어딘가에서
자신의 철봉을 꼭 붙들고 매달려 있는 승자가 되어 있을 것만 같다.

'한번에 불타는 것보다 차라리 서서히 사라지는 것이 낫다.'
문득 두 손을 펴보니, 그을음이 묻어 있다.

어디로 갔을까

진정한 시인은 네루다의 '질문의 책'을 읽어야 한다고 들어서 허세 넘치게 책장을 펼쳐보았다.
나도 시 좋아하고, 시를 쓰는데
수천 가지 질문으로만 이루어진 문장을 읽기 버겁다.
끝없는 물음표에 작은 눈이 달린 듯, 마치 내가 관찰 당하고 있는 듯한 압박감이 느껴진다.
뭔 소리야 짜증 나게 바빠죽겠는데 뭘 자꾸 물어보고 있어-

책장을 덮고 자리에 누웠는데 죄책감이 든다.
어린아이의 호기심을 무시하고 대충 얼버무린 듯한 느낌.
한때 나였던 호기심은 어디에 있을까.
스스로 떠났을까, 아니면 내가 떠나보냈을까?
칠십 세 노시인의 호기심이 불편한 나는 아직 멀었다.

그랬다고, 아니었다고

그랬다고, 그랬다고 하는 나의 말과
아니라고, 아니었다고 하는 너의 말도
그것도 모두 사랑이었을 거야.

엿 먹이다

얼마 전 아내와 '골탕 먹이다'는 표현에 대해 얘기 나눈 적이 있다.
이 말을 실제로 입을 통해 사용해본 게 정말 오랜만의 일인 것 같다.

왜 그럴까 생각해 보니,
요즘엔 '엿 먹이다'는 표현이 그 자리를 차지했기 때문이다.

골탕보다 엿 쪽이 귀에 확실히 꽂히기는 하지만
골탕에서 뭉근하게 묻어나는 잔정(情)이
아무래도 엿 쪽에는 느껴지지 않는다.
그런데도 사어(死語)가 되는 것은 골탕의 쪽이다.

엿 같다
엿 먹어
엿 먹이냐

엿 권하는 사회인데도, 달콤한 맛을 느낄 수 없다.

시간

시간이 많이 흘러 버렸나봐.
손잡는 법을 잊어 버렸다.

잡은 손을 놓쳐 버렸거나.

스무 살에, 입대한지 며칠 안 됐을 때 말이야.
훈련소에서 저녁 청소하는 시간인데
하늘에 별이 무척 많이 떠 있는 거야.
훈련소가 진주에 있으니, 얼마나 공기가 맑고 하늘이 탁 트였겠어.
서울 촌놈한테 그게 너무 신기했던 거지.
비질하던 걸 멈추고 그 별들을 올려다보고 있는데,
교관이 그걸 보곤 엄청 흥분해서 욕지거리를 하는 거야.
내 목덜미를 잡고 숙소 한편 으슥한 곳으로 끌고 가는데, 난 이제
죽었구나- 싶었지.

아무도 없는 모퉁이에 서서 교관이 하는 말이
"여기서 충분히 별 구경하고 와서 제대로 청소해라."
진짜 별난 일이지. 그때 난 생각했어.
세상은 보통 나쁜데,
낮에는 보이지 않던 밤하늘의 별처럼
드문드문 빛나는 사람들의 인간성이 이 세계의 밝기를 유지해주
고 있는 건 아닌가 하고.
그런 빛들의 힘으로 드문드문 이어진 길을 걸을 수 있는 게 아닌
가 하고.

당신이 해준 것들을 생각하다 보니 그 별들이 떠올랐어.
고마워, 어디 가서든 잘 해낼게.

양면 잠바

팔꿈치를 덧댄 셔츠와 밑단이 해진 바지가
켜켜이 쌓인 추억의 옷장에는

지금처럼 덥지 않은 여름과 지금처럼 춥지 않은 겨울을
모두 버텨내는 양면 잠바가 하나 있다.

안감이 파랗고 겉감이 빨간 잠바가
빨랫줄에 흔들리는 모습이 영락없이 태극기 같다.

어디 갔는지,
지금껏 옷의 형상을 하고 있을지도 모를 양면 잠바처럼
내 속을 드러낼 일도 점점 줄어든다.

세상이 속을 뒤집어놔도 예쁜 모습 보이는,
양면 잠바만큼의 여유가 내게 있는지,
물어본다.

노래방
－ 우리는 모두, 한 번씩은, 뮤지션

노래방을 처음 갔을 때를 기억한다.

노래방은 모두에게 평등했다.
노래를 잘하든 못하든 간에
공평하게 3분, 자기 몫의 시간을 할당받는다.

노래방은 편리한 사회다.
코러스를 켜고 끄고
원한다면 1절만 들을 수도 있으며
박수도 대신 쳐주는 세상.
네다섯 자리의 선곡 번호만 기억하면 된다.

노래방은 참 가지런한 세계다.
지상에 온갖 복잡한 것들,
사람들과 네온사인이 토해낸 증기가 흩어져 있는 혼돈.
그것에 비해
이 지하는 질서 정연하게 자기 순서를 기다리면 된다.
맥주를 삼키거나 과자를 씹거나 묻은 것들을 다 털어내고 앞에 나가서
노래만 잘 부르면 된다.

너도 노래 하나 해.

그날의 레퍼토리는
11271 '사랑합니다'와 14515 '응급실'
재미없는 사람이라는 인상을 주기 전에
무언가 신나는 곡을 해야만 한다.
그때의 선곡이 보내는 은밀한 암호가
너에게 잘 전달이 되었을까.

야, 오랜만이다.
이제 노래방도 잘 안 보이네.
코인 노래방이라도 갈래?

1시간에 만 원 하는 노래방은 이제 잘 안 보인다.
혼코노는 쓸쓸하고 가라오케는 어지러운데
난 그 사이에서 완전히 길을 잃은 것 같아.

어쩌면 가끔,
아니면 마지막으로 딱 한 번 부르고 싶은 노래가 생긴다면
우리는 노래 부를 곳을 찾아 꽤 먼 길을 가야 할지도 모른다.

중 고 나 라

쿨거래 미개봉 새제품 팝니다.
만나고 헤어지고 모두 옛일인 양
지나간 것들일랑 모두 잊고 다 새것인 양
속고 속이는 여기는 중고의 나라.

나를 흔들은
그 말의 무게를 느끼고 마음을 열었더니
벽돌이 들어 있어 이것은 사기야.
고민 고민해서 고른
그 마음은 상표가 철자가 달라 이것은 가짜고.

뜨거웠던 것들 다 식고 나면
그땐 그랬지, 나 때는 말이야.
쿨하게 말할 수 있는 기억들은
레트로야 앤티크야, 값을 후하게 쳐줘.

삽니다, 아픈 것들.
택포 없이, 직거래로.
쿨하지 않게.

회현 지하상가의 중고 레코드 가게.
간만에 발견한 오스카 피터슨의 레코드.
가타가나 가득한 팸플릿을 열어보는데
툭, 하고 떨어지는 쪽지.

'1970.2.6. YOKO'

지금으로부터 50년 전, 나는 이 세상에 없고
내 아버지와 어머니가 11살이던 해.
요코 상은 누군가에게 오스카 피터슨을 선물 받았다.
그리고 그녀의 낡은 레코드는 바다를 건너
서울 사는 문현기 씨의 수중에 들어올 운명이다.

rpm이 안 맞았을까 왜 적당히 돌아가지 못하고
그녀의 레코드가 원심 분리기처럼 그녀에게서 퉁겨진 사연은 무엇이었을까.

잔잔히 흐르는 피아노 리듬에 맞춰 돌아가는 LP와 낡은 쪽지를 손에 쥐고
아리가또, 혹은 사요나라일지도 모를
그녀의 노랫말을 떠올린다.

시소게임

누가 울어야 내가 웃고
누가 아파야 내가 편해짐을 느낄 때,
인생이 거대한 시소 틀처럼 여겨질 때가 있다.

나의 욕망도 마찬가지다.
회사 일에 치이고 키보드를 두드리고
카카오톡 G마켓 네이버 해외 축구 유튜브를 만지작거리다가

내가 응당 사랑해야 할 누군가에게
조금이라도 소홀해지지는 않았는지.
내가 만든 결여가 주변 사람들에게
그림자와 같은 고독을 드리우지는 않았는지.

단 한 명도 아프지 말자.
더 조심히, 조심히 시소에 올라타
수평계의 공기 방울이 정중앙의 눈금에 멎을 수 있도록
어여쁜 평행선을 그려본다.

정적음

어릴 때
내 관심을 가장 강하게 끌었던 것은 자동차였다.
페인트의 윤이 나는 철강 골조,
나를 미래로 데려다 줄듯한 현란한 센터페시아.

그중에도, 가장 신기한 건 주유소에 들를 때였다.
휘발유를 들이킨 자동차가
다시 앞으로 나아가는 마법 같은 일.

나는 이제 안다.

엔진에 의해 열에너지가
운동 에너지로 바뀌는 자동차의 얼개와
기술 시간에 배운 피스톤과 실린더, 내연 기관.

무언가를 알아가는 것. 어른이 되는 것은 환상이 해체되는 과정.
나를 매혹시켰던 것들로부터 나를 떼어내는 움직임.

또 하나의 수업이 끝났고, 자동차에 대한 흥미는 일소에 사라졌다.
뻥! 하고 놀리는 듯한
인생이 내는 경적에 또 한번 깨어나고 말았다.

인간다움

코로나 바이러스와 마스크 대란이 만들어낸
무질서를 보면서 인간에 대해 생각했다.

인간이 서로를 잘 알 수 있는 방법을 계량화할 수 있을지 모른다.
더울 때와 추울 때 피곤하고 괴로울 때 드러나는
기질의 바운더리를 선으로 연결한 중심의 평균값을 셈하는 것이다.

한 꺼풀만 벗겨내보면
아니, 제발 한 꺼풀이 벗겨지지 않았으면.

품위란 무엇이며 품격이란 무엇일까.
감추는 것과 드러내는 것,
어떤 것이 더 인간다운 것일까.

지구는 녹색의 별

중학생 때의 일이다.
내가 제일 싫어하는 미술 시간.
그림에 재주도 없고, 그리기를 즐긴 적도 없다.

실기 시험은 1년에 네 번.
시험 시간 동안 그린 그림을 들고 서 있으면
선생님이 그 자리에서 A부터 E까지 다섯 등급으로 평가했다.

정물, 수채화, 데생.
나는 세 번의 평가에서 D 등급을 받았다.
E 등급은 시험을 치르지 않은 아이들에게 주는 점수였으니까 사실상 내가 꼴찌였다.
그림에 대해서는 낙제점이었다.

마지막 시험은 포스터 그리기였고 주제는 환경보호였다.
아이디어도 없고, 기술도 부족했다.
시험 시간이 다할 때쯤.

나는 도화지를 새카맣게 칠한 후에
가운데에 회색의 행성을 하나 그리고 아래에 겨우 썼다.
'지구는 녹색의 별'.

선생님 앞에 서서 그림을 들고 평가를 기다린다.
긴 시간-순식간에 D 등급을 받고 넘어가던 내 미술 평가 역사의
기준으로 볼 때-
그림을 바라보던 선생님이 'C'라고 말씀하고 돌아섰다. 기쁜 기억
이다.
그 지점이 아직도 선명한 이유는
내가 글쓰기의 즐거움을 처음으로 느꼈던 때이기 때문이다.
글쓰기와 가장 먼 시간에.

아버지에 대해

아버지가 어렵게 느껴질 때가 있었다.
관심과 취향의 색이 희미한 구도자의 삶.
평생 가족의 생존을 위해 노력한 사람.
당신이 무엇을 좋아하고 무슨 생각을 하는지
모르고 지낸 날이 태반이었다.

어느 주말의 오후.
아버지가 컴퓨터 방 작은 의자에 앉아
좁은 모니터로 '매디슨 카운티의 다리'를 열심히 보고 있다.
영화와는 담을 쌓았고 극장에서 졸지 않았던 적이 없는 사람.
불편한 의자에 앉은 채로
내가 모를 영감이나 감흥 같은 게 그를 사로잡는 것을 목격한
특수한 순간으로 기억 속에 남아 있다.

아버지와의 시간을 다시 돌려받는다 해도
아마 나는 아버지에게 제대로 다가가기 힘들 것이다.
당신은 당신의 내면에서 새어 나오는 빛이 자식에게 닿는 것만으로도
굳건한 당신의 크기가 작아진다고 믿고 커튼을 두텁게 치는,
강인하고 약한 사람이었으니.

좋아하는 것은 줄어들고 싫어하는 것들은 늘어나는 요즘.
당신을 꺼내어본다.

가까이 있었을 때

예전 나의 꿈은 지금보다 높은 곳에,
그리고 지금보다 멀지 않은 곳에 있었는데.

요즘은 꿈이라는 말이 낯설게 느껴지고
욕심이라는 단어가 현실적으로 다가올 때가 늘어난다.

심장으로부터의 기억

첫 번째 기억이다.
유년의 내가 보인다.
출근길의 아버지가 신발장 앞에 서 있는 나를 안아 올려
당신의 가슴과 나의 가슴을 맞대어보는,
(당신이 그렇게 즐겨부르던) '심장 맞추기'를 의식처럼 하는 모습.
당신이 내게 거대한 공명을 남기고
또 생의 전선으로 나아가던 월요일 아침.

두 번째 기억이다.
오늘의 내가 보인다.
아버지에게 출근하는 월요일과 어른의 얼굴을 물려받은 당신의
아들.
물려받은 심장이 당신보다 허약해서일까,
불안이 이불처럼 나를 뒤덮은 일요일 밤에.
오른손을 왼쪽 가슴에 포갠 채,
마음을 가볍게 두드리며 스스로를 달래는
울림 속에서 당신을 꺼내어본다.

단단한 밤

지하철에서.
옆자리에 앉은 아저씨 낮게 깔리는 코골이를 듣다가
우리 할아버지가 떠올랐다.

할아버지와 함께 지내던 집.
당신은 테레비 보시다가 소파에 앉은 그 자세로 코를 고셨다.
밤의 기습이 낮을 지배하는,
그의 평화가 난 참 부러웠다.

이제 나도 안다.

눈부신 낮이 걷어놓은 눈꺼풀이 서서히 감겨오는 것을.
어떤 풍파가 찾아와도 미동도 하지 않을 단단한 밤이
내게도 저 멀리서 다가오고 있음을.

날아지다

사라지지 못해 살아지는 것들.

우리는 세상을 바꾸려고 했지만
세상이 우리를 바꾸고 말았지. *

기, 지, 개를 쭉 뻗어도
오, 지, 게 시원하지가 않아.

가려지지 못해 가려워지는 것들만 늘어나.

* 영화 '벨벳 골드마인'의 대사

안단테

내가 좋아했던 이들은 다가서다가, 안고 있다가
되려 서로를 해칠 만큼 뜨거워졌고.

내가 좋아했던 것들은 주무르고 놓기를 반복하다 나머지
산산조각이 나버렸지.

이제 그러지 않으려고.
사랑하는 것을 지키기 위해 사랑하지 않는 법.

부딪혀도 바스러지지 않을 만큼의 적당한 속도와 박자로
흘러가듯, 흘러가듯.

낙엽

가을 낙엽 하면 누군가에게
흩날리는 정취나 삭아드는 길의 향기,
발에 밟히는 감촉 같은 낭만.

또 누군가에겐
비에 젖어 들러붙은 강인함.
쓸려가지 않고 말리지도 못하는 아집.
뿌리라도 내린 듯 굳게 눌어붙은 세월.

어쩌냐, 떨어질 때가 됐을 뿐인데.
어쩌냐, 젖어들 때가 됐을 뿐인데.

어제가
내일이었으면
좋겠다

우리 가족

하늘에 계시는 우리 아버지.
땅에 계시는 우리 어머니.
그리고 언젠가
별이 되어 다시 만날 우리 가족.

해몽

여보 여보, 어젯밤 내 꿈 얘기 좀 들어봐.
토요일 밤 여보랑 동네 갈비찜 집에 외식을 갔어.
옆자리에 아들 둘을 둔 네 식구가 있었는데
테이블이 다닥다닥 붙어 있는 식당이라
옆자리 손님이 시켜놓은 냉면을 내 걸로 착각하고 먹어버린 거야.

여보랑 같이 죄송하다고 사과하는데
그 집 아저씨가 사람 좋게 괜찮다고 하시면서
합석해서 함께 식사나 하자고 하는 거야.
화목한 분위기에서 식사를 마치고는
아저씨가 계산까지 해주는 게 고마워서
우리가 커피 한 잔 사고 인사드리는 꿈을 꾸었어.

그런데 말이야 여보.
내가 잠들기 전에 생각했던 게 뭔지 알아?
아프게 돌아가신 아버지의 마지막 모습이었어.

하지 불안 증후군

어느 날 밤부터인가,
잠 못 들게 하는 불편함이 있어 퇴근하고 병원에 들른다.
잠이 들만하면
극세의 실뱀장어 같은 것이 왼쪽 다리를 저릿저릿하게 하는 느낌.
살과 뼈 사이의 이물감에 억지로 잠이 깨는 밤이 늘어가요.

나의 진단명은 하지 불안 증후군.
10명 중 1명에게 찾아오는 흔한 증상.
원인은 철분 부족과 일시적인 뇌 기능 이상.

선생님, 제 의학적 소견을 말씀드려도 될까요.
하지가 불안한 게 아니라
하지의 주인이 불안한 건 왜 모르시나요.
제 다리를 스쳐 지나가는
돌아가신 아버지의 얼굴이 보이지 않나요.
오늘 못다 해 쌓여 있는 잔업이 보이시진 않나요.

낮 동안 하지 못한 말이 가득 찬
밤을 주무른다.

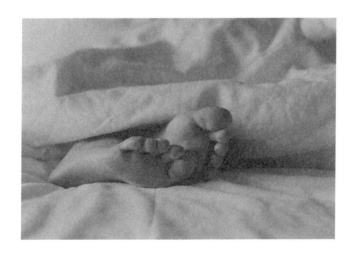

2부

먹고 ·········· 산다는 ·········· 것은

먹고 산다는 것은

앞뒤가 안 맞고 잘 세워지지도 않는
이쑤시개 같은 자잘한 것들을

이치에 맞는 것이라고 스스로를 홀려서
그 첨예한 모서리 끝에 찔릴 듯
충혈된 동공을 바짝 들이댄 채

헐떡거리는 숨도 멈춰가며 조심히 조심히
떨리는 손으로 한번 어떻게 해보겠다는.

시늉으로 밥 동냥이나 하고 있는 것은 아닌지.
먹은 것도 없으면서 이 쑤실 것도 없으면서.

100분 토론

말이 말 같으려면
귀가 귀 같아야 할 텐데.

바라건대,
아무 말도 하지 말아라.

가여운 자의 도시

엘리베이터 없는 4층집.
계단의 파고를 넘어 온 택배 기사가 놓고 간
계란이 반쯤 지친 채로 깨져 있다.

전화를 받는 건 콜 센터의 상담 직원.
깨진 계란도, 썩은 당근도 다 그녀의 탓이다.
그녀에겐 타인의 짜증도 시비도
반품할 수 있는 권리가 없다.

하고 싶은 말씀 하세요.

저도 할 말 많거든요.

그런데 오늘은 제가 들어드릴 차례인가 보네요.

나는 억울한데,

내 사연을 마주하는 당신들도 억울하다.

당신들 말고

내가 찾는 당신은 지금 어디에 있는가.

불쌍한 사람과 가여운 이만 마주하는 슬픈 사연의 도시.

계란 없는 라면을 끓인다.

곡

깊은 밤 공터를 지나는데,
연인으로 보이는 두 사람이 놀이터에서 배드민턴을 치고 있다.

심판도, 네트도 없는 동네 매치.
슬리퍼를 신고 한 손은 주머니에 넣은 선수 입장.
흔들리는 공을 보니 가을바람까지 끼워 주고
셋이서 배드민턴을 치고 있구나.

점수도 규칙도 필요 없다.
그저,
셔틀콕이 땅에 닿는 것을 함께 막아보자는
평화의 랠리. 마치, 마음의 수평.

경계도 없는 서로의 마음으로 그냥 건네주면 될 것을
무엇을 그리 높이 쏘아 보내고 있을까.

관중도 없는 가을밤

하얀 달 같은 셔틀콕이

밤하늘에 뜨고 지기를 반복하고 있다.

맛집

주말의 번화가.
대기표 20번을 받아 들다.
핸드폰을 꺼내 들고
사진 찍는 소리를 내는 사람들.
줄 서는 것도 자랑 밥 못 얻어먹는 것도 자랑.

최고의 반찬은 시장기라더니
길어지는 허기는 맛집의 비결인가.
오늘따라 공급이 수요를 못 따라가는,
후텁지근한 주말.

단짠단짠

여름밤.
푹신한 소파에 누웠네.
에어컨을 틀고 이불을 덮고.
선풍기는 열일 하는데,
나는 한가로와.

온도의 단짠단짠.
마음이 단짠단짠.

하루의 시작

지하철 급행선에 몸을 욱여넣는다.
일과의 시작은 안경알을 닦고
밤새 이어폰의 요정이 꼬아놓은, 이어폰 줄을 푸는 것.
그렇게 또 흐릿한 눈을 훔치고
꼬여 있는 것들을 풀어헤치는 하루를 시작한다.

단절로부터

어느 날부터인가, 이어폰의 한쪽 귀가 먹통이 됐다.
접지의 문제인지, 전선의 한 부분을 꽉 움켜쥐면
그제야 막혔던 소리를 토해낸다.

이어폰은 언제나 양쪽 귀에 음악을 전달했다.
그것이 당연해진 것이다.
당연해지면 소중함을 잊는다.
소중함은 단절에서 비롯된다.

인생의 소중함을 기억하고 싶으면,

1분만 숨쉬기를 끊어보자.

숨을 토해냈을 때,

그 인생의 순간을 꽉 움켜쥐고 싶어질 테니.

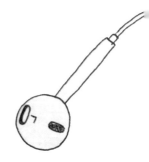

차오르는 것들

차오르는 것들에 대해 생각해본 적이 있다.

온도계의 빨간 알코올처럼.

머무르지 않고, 수직을 향해 도약하는 열정.

인생은 스스로에 대한 자정작용의 연속이다.

다만 우리 대부분

희망이라는 나라에 살고 있지 않은 것에 좌절하기보다는

절망으로부터 멀어지는 것에 초점을 맞추고 산다.

그래, 인생은 자정작용의 연속이니까.

그거면 되는 걸까, 그쯤에 매달려서.
'서민 갑부'를 보며 질투하고
'인간 극장'을 보며 연민하면서.

할 수 없다고 믿는 것을 해보고 싶다.
허허벌판에 올라
오르지 못할 나무를 묵묵히 심는 사람.

내 안의 뒤틀려가는 정열이,
기형적인 빛이 멎는 순간이 오기 전에.

어제가
내일이었으면
좋겠다

지하철에서 받은 편지

지하철 통로의 문을 열고 급하게 들어오는 사내.
껌을 가득 실은 카트를 덜컹이며.

무릎에 올려놓는 편지, 어떤 사연일까.
저리도 급하게 알리고 싶은 것은.

미동도 하지 않는 무릎들과
빠르게 움직이는 사내의 손이 교차되며
칸에서 칸으로 이어지는 슬픈 사연.

편지를 가득 실은 지하철이, 달린다.

근시의 밤

자전거로 달리는 한강의 밤.
속력을 유지한 채 안경을 벗어본다.

점이 된 사람들과 빛이 된 풍경들이 한데 이지러진,
눈이 그려내는 추상화.

안구에 처음으로 닿는 바람의 압력을 느끼며
형체가 사라진 빛의 산으로 빠져든다.

지독한 근시와 밤의 조화가 나쁘지만은 않구나.

맴맴 제자리 돌다.
아마도 이 여름은
간신히 매달려서 펑펑 울어야만,
겨우 밀어낼 수 있을 것 같다.
허물 속에 도로 웅크린 채.

날갯짓이 무겁다.

교대 근무

서울 서쪽에 있는 회사를 다녀서 그런지
옥상에서 보는 낙조가 꽤 아름답다.

저무는 해가 물들이는
서쪽 하늘의 일몰을 바라보고 있는데
어이, 누군가 뒤에서 어깨를 톡톡 두드린다.

돌아보니
동쪽에서 떠오른 밝은 달이 빤히 나를 바라보고 있다.

밤이다.

구겨 넣는 밤

지쳤다.
저녁이 스쳐 지나간 퇴근한 밤에.

따뜻한 샤워로 구원받은 가여운 내 몸과 영혼을
일 초의 고민 없이 이불 속에 구겨 넣는다.

반쯤 녹아 빵 사이에 눌어붙은 치즈처럼
내 살과 뼈가 매트리스로 녹아 내리고
충전 잭에 나를 꽂은 채
겨우 나를 풀어준다.

밤으로-

좋은 일이 생기고 말 거야

왜, 그런 날 있잖아.

좋은 일 하나 없다가도 문득 스스로의 기분에 취해
오랫동안 기다렸던 행복이란 복권에
짠, 하고 당첨이 된 날.

마치 무대에 오른 배우처럼 달빛의 조명이 나만을 비추고,
모공을 간질이는 것은 날개의 돋아남일 것이야.

취기가 사라지면 또 언제 그랬냐는 듯
우린 우리의 얼굴로 돌아가고 말겠지만

오토바이 굉음, 클랙슨 소음, 온갖 광고들.
편집증적인 멜로디가 우연히 멈춘 도시의 평화.

손뼉 쳐, 춤춰,
오늘은 분명 좋은 일이 생기고 말 거야.

순환선

주말의 여독이 풀리지 않은
회사원들을 가득 실은 지하철이 출발.
가자 가자, 월요일 열차를 타고.

이 열차의 종점은 금요일입니다.
급행은 오지 않고 연착만 반복이다.
종점에 도착했는데 문이 열리지 않는다.

당황한 사람들의 머리 위로 나오는 안내 방송.
"이 열차는 순환선입니다."

공항에서

하룻밤을 공항에서 보낸다.
오고 가는 여행객 사이에서 홀로 머무르는 일.
날아가는 비행기를 보면 많은 감정이 일어난다. 어학연수, 제주 가는 길, 허니문의 꿈.
이제 비행기를 보면 물리적인 감정이 앞선다.

경험의 특수성보다,
몇 달 묵묵히 일한 봉급쟁이들이 모아둔 월급으로 올라타는 버스.
진짜 버스와 다른 유일한 점은 배차 간격이 조금 더 길다는 것뿐.
공항 창문 밖으로 버스가 활주로를 가르고 있다.

외국어 배우기

아주 잠깐, 외국에서 생활할 때 깨달은 것.
외국어를 공부하는 것은 무언가를 '버리는 과정'과 비슷했다.
문장의 수사나, 어른스러운 표현. 시제나 어법들.
머릿속에 있는 복잡한 생각을 덜어내면 그럴듯한 말이 된다.
어려운 문장 하나보다 쉬운 문장 열 개가 더 쓸모 있었다.

복잡한 말은 나를 만족시키지만
쉬운 말은 상대를 만족시킨다.
외국어를 공부하면서 '버림'의 미를 배우다.

링

월요일, 선수들 사무실에 입장.
마우스피스 대신 아메리카노의 얼음 조각을 입에 물고.

조금 더 낮게, 무게 중심을 낮게.
웅크린 어깨 위로 눈빛만은 번쩍이게.
백 대를 헛방을 휘둘러도 단 한 번, 한 번의 일격을
날카롭게, 좀 더 날카롭게.

엘리베이터에서

문이 닫히고.
들어 봐, 흘러나오는 음악을.
당신과 나의 노래라는 걸 당신만 모르고 있지.

우리는 만난 적도 서로의 이름도 모르지만
나는 알 것 같아.
이다음 우리의 이야기가 어떤 방향으로 흐를지.

엘리베이터의 백색 조명은
한없이 마르고 차갑지만,
우리가 춤출 수 있을 만큼 충분히 밝은걸.

수십 층의 정적을 건너 뻗은 손이
당신의 손에 닿을 수 있다면.

이 엘리베이터 문이 열리기 전에.

MADE in CHINA

교토에서 사 온 열쇠고리를 만지작거리다가
뒷면에 인쇄되어 있는 'MADE in CHINA'가 눈에 들어왔다.

눈을 감고,
이것이 만들어진 공장이 모여 있는 중국의 한 마을을 떠올려 본다.
이 열쇠고리(금각사 모양의)를 만든 이는 일본에 대해 얼마나 알고 있
을까?
그곳에는 온갖 공예품을 가공하는 공장이 빽빽히 들어서 있을까?

그 마을의 초입에 들어서면

세계의 봉제 인형들을 모두 만날 수 있을지도 모른다.

헬로키티와 미키마우스와 뽀로로가 함께 지내는 곳.

한국도 일본도 미국도 나이키도 아이폰도 모두 밀집해 있는 작은
세계.

여권도 비자도 없이 모두가 평등하게 다음 공정을 기다리는 곳. 나
란히 나란하게.

지도에 OEM이라는 지명이 적혀 있고,

컨베이어벨트가 우림처럼 뒤엉켜 있을 초현실적인 마을.

우리의 날씨

내 안에 머물러 있던 찬 바람이
당신이라는 따스한 기류를 만나
마음의 소용돌이를 일으키는 것.

하얀 구름이 되어 몽글몽글, 당신을 빤히 바라보거나
그걸로 성에 차지 않으면
비가 되고 눈이 되어 당신에게 달려가는 것.

우리의 하루는 오늘도 '흐린 뒤 갬'일 것 같아.

영혼의 무게

영혼에 무게가 있는지 재기 위해
어떤 의사는 임종 직전의 환자를 저울에 매달아 사망 전후의 무게
를 쟀다고 한다.
그 무게가 21그램이라고 하던데–

이런 방법으로 잴 수도 있을 것 같은데.
월급날과, 월급 전날 체중계에 올라가보는 것.

동쪽으로 흐르는 해를 따라

우리들은 늘 푸르른 새싹.
나무로 자라지를 못해.

동쪽에서 뜬 해를 쫓아
서쪽에서 하루를 열어
아내의 손보다 수화기를 많이 잡고
부모의 손등 대신 키보드에 손을 얹는다.

그런 날이 온다면
해가 서쪽에서 뜬다면
나는 동쪽으로 흐르는 해를 따라
집으로 돌아갈 거야.

오디션

오디션 프로그램을 틀어놓고 생각에 빠졌다.
우리도 결국 인생이라는 거대한 오디션 프로그램에
응시한 지원자일 거라고.

단지, 우리를 위해 ARS 투표를 해주는
청중들과 우승의 영광이 없을 뿐.

노래하라면 노래하고 춤추라면 춤추고.
심지어, 우리는 평생 같은 노래를 부르는 경우도 많다는 것.

마음이여

몰랐다, 정말 몰랐다 하는 소릴 들을 땐
왜 그렇게 몰라주는데- 하거나.

안다, 다 안다 하는 소릴 들으면
네가 뭘 아는데- 하게 되는,

마음이여.

태양을 정면으로 바라보는 법

태양을 정면으로 바라볼 수 있는 방법이 있을까?
고대에는, 억지로 눈을 뜨게 하고 해를 쳐다보게 해서
눈을 멀게 하는 형벌도 있었다고 한다.
그만큼 해를 바라보는 건 위험한 일이다.

내가 아는 태양을 정면으로 바라보는 방법은,
해 질 녘의 잘 익은 붉은 해를 기다리는 것이다.

시시하다고 생각할 수도 있겠지만, 정말 그렇지 않은가.
우리 앞에 놓인 많은 문제를 해결할 수 있는 가장 좋은 방법은
그저 기다리는 것인지도 모른다. 질 때까지 지는 것.
그러고 나서 정면에서 바라보기.

마음은 봄

눈에는 먼지가 끼었고
입에는 거미줄이 쳤다.
뼈에는 녹이 슬었고
살에는 곰팡이가 피었지만

마음, 마음만은.

반지

여보, 결혼반지라는 게 참 웃기더라고.
한동안 안 찾다보면
쏙 빠져버려서 잃을 것 같다가도,
당신 손을 마주 잡아
구부린 내 손가락엔 딱 맞게 되더라고.

피었다

먼지가 가라앉은 시울.
송파동 먹자골목은 나의 출근길.

순댓국집에서 나온
마르지 않는 밤을 지새운 연인이
라이터 한 개에 담배를 모으고 있다.

봐라, 저기도 꽃이 피었다.

길 건너 맥도날드에 큰 가방의 학생 둘이
손잡고 세트 메뉴를 고르고 있다.

봐라, 저기도 꽃이 피었다.

먼지 자욱한 안개 도시. 일조량 부족한 서울에도
싹은 틔우고 볼 일인가보다.

And when I die

순서대로 오는 징후를 나는 기다리고 있다.

안간힘을 써가며
부단히도 허우적거리던 팔다리가 멈추고.

회사에, 가족에, 먹고 살기에.
쉼 없이 생각하기를 종용하던 머리는 멎고.

아름다운 것들, 소중한 것들을 사랑하는
마음이 그치는 순간.

흘러오다 여기까지 왔지.
흘러오다 여기까지 왔소.

땅 밑으로.

* Blood sweat and tears의 'And when I die'를 들으며 씀

집으로

나이 먹으면 술 취해도 어떻게든 집에는 가잖아.
지하철 토막 잠에 어깨를 밀쳐버리는 옆자리의 알람.

근데 덕분에 실수할 일이 없어.
한 번쯤은 종점에 내릴 법도 한데,
오늘도 안전한 나의 귀갓길.

어쨌든 집은 찾아가는 내 귀소 본능이
나를 한 발짝도 나아가지 못하게 해.

아내에게

잠든 당신을 바라보고 있으면
가끔 아드득 이를 갈고 있어.
저거 혹시 꿈에서
내가 또 모자란 짓 해서 열 받아서 그러는 건 아닌지.

그러고는 돌아누우면서 드르렁 코를 골아.
저건 또 자기 신세가 서러워서
슬프게 우는 꿈은 아닌지.

덕분에 잠은 깼는데
괜히 미안해지는.

손잡이

강의 동쪽에서
서쪽으로 달리는 지하철에
열매처럼 매달린 노란색 손잡이가
앞뒤로 흔들리고 있다.

손잡이를 움켜쥔 나 또한
몇 번씩은 흔들리며 강을 거스르는
아슬아슬한 출근길이다.

너의 색

네가 내게 가져다준 빨강은
불이 되어 내게 옮겨붙었고,

내 가슴을 물들인 초록은
숲이 되어 내 안에 심어졌어.

혀끝에 닿았던 파랑은
파도가 되어 나를 흔들고,

코끝을 간질였던 노랑은
유채꽃이 되어 향기를 남겼어.

난 가끔 생각해보곤 해.
너란 사람의 색은 몇 가지나 되는 걸까?

적당함

식지도 타오르지도 않는 적당한 태양의 조도가
맑지도 흐리지도 않은 적당한 날의 하늘을 만나
예쁜 빛깔의 일몰이 되었다.

겨울연가

굳이 입술을 오므리지 않고
하헤히호후, 어떤 소리를 내도
입김이 새 나오는 11월이 됐다.

송글송글 매달렸던 나뭇잎들이
바람과 함께 길을 쓸고 다닌다.
나도 곧 니들 따라 납작 엎드리겠지.

아내가 사준 새 코트는 참 따스하구나,
모퉁이를 돌자 어제 먹은 카레 냄새가 난다.
불쑥 찾아온 겨울과 짧게 목례를 하고
아내가 있는 집으로 들어간다.

퇴근 후 문학 살롱

퇴근이다.

정신을 바로 세우고.

닦고, 조이고, 칠해라.

모니터처럼 하얗게 센 머리를 바로잡고

엑셀의 셀 안에 갇혔던 나의 말을 풀어보자.

문장이 흐르는 밤으로-

셔터 누르기

개미는 더듬이의 물리적인 접촉을 통해 서로의 감정을 온건히 공유할 수 있다고 들었다.
인간이 행동, 혹은 말로 전달해야 하는 것을.
우리는 재해석을 통해 이해하는 방법을 취했으니,
타인과 완전히 동일한 감정을 느낄 수는 없겠지.

아마도
내가 A라고 말을 해도 누구는 A'나 A" 정도로 받아들이고 있을 것이다.
개중에는 Z로 알아듣는 희한한 사람도 있고.

사진 찍기와 같다. 셔터를 누르는 것은 눈을 감는 일이다.
눈을 감음과 동시에 모순적으로 멋진 사진이 찍히길 기대하는 것
이다.
바꿔 생각하면, 우리는 타인의 해석에 기대하거나 걱정하지 않아
도 된다. 그럴 필요가 없다.

우리의 말과 행동이 우리로부터 떨어져 나갔을 때
이미 그건 공기 중에서 의미가 변질되고 있을 테니까.

그저 누군가의 안에서
걸작이 찍혀 나오길 기대할 뿐이지.

영감

능숙한 해녀처럼,
숨을 멈추고
잠수.

수심을 헤아려보면
무언가가 떠오른다.
몇 개 건져 올린다.

더 깊이 가볼지,
그때그때 고민해볼 것.

어디선가 비가 올 것만 같다

출근길을 잠시 멈추고
제 길 가는 강아지를 바라본다.
가로등 기둥에 코를 묻고 냄새를 맡는
하얀 멍멍이가 물고 온 잠깐의 평화.
역 앞의 카페에는 회사원이 가득찼다.
커피로 깨우는 아침.
아메리카노의 검은 커튼은 주말 드라마의 종영.
객석을 뒤로 한채.

생계의 역사는 오늘도 굳건하다.
사람들은 돈을 벌기 위해 계속 이 길을 밟을 것이다.
내 아버지와 내가 그러했듯.
사무실 입장 전 마지막으로 하늘을 본다.
어디선가 비가 올 것만 같다.

대통령과 목사와 순대국밥

태풍이 지나간 목요일의 점심, 순대국밥집.
인부 아저씨 넷이 들어온다.
스포츠 티셔츠를 입은 아저씨 둘,
따라 들어오는 쿨토시를 한 아저씨 둘.
모두 군복 바지에 목에는 타올을 둘렀다.
땀을 닦으며
메뉴는 순대국으로 대동단결.
식당 반찬은 늘 연합뉴스.

티비에 대통령이 나온다.
이쪽에 쿨토시 아저씨들이 뭐라고뭐라고 하는데,
맞은편 둘은 말없이 국물만 휘젓는다.
티비에 목사가 나온다 이번엔
저쪽에 국밥만 뜨던 아저씨들이 이를 가는데,
쿨토시 아저씨 팀은 세계 최고의 깍두기를 찾겠다는 듯
깍두기 그릇만 뒤적인다.

아저씨의 대결을 곁눈으로 보는 나의
왼편에는 숟가락이 오른편에는 젓가락이 놓여 있다.
중요한건 어떤 식기로 밥을 떠먹냐는 것이지
그 이상의 의미는 없다.
나는 충분히 지쳤고 허기져 있다.

아슬아슬 태풍이 비껴가는 국밥집.
티비는 태연하고 식당은 고요하고
아저씨는 끓어오르는데
순대국만 차갑게 식어간다.

서다

가다, 서다, 아, 꽃망울 하나.
가다, 서다, 아, 나비 한 마리.

받아들이기

그럴 순 없다고 생각하고,

그래서야 되겠는가 라고 생각하다가도.

결국 그러고 나니

그래, 그랬구나 하고.

그렇게 되어버리는.

활자의 생애주기

엄지로 쓴 글은 휘발된다.
키보드로 두드린 글은 지우기 쉽다.
종이에 쓰는 글은 힘이 세다.
활자화된 글은 긴 목숨을 얻는다.
책이 된 글은 수백, 수천 명의 이에게 닿고 숨을 멎는다.
그리고, 여러 명의 글을 낳는다.

글은 하나의 생명 구조를 이루고 있다.

건축학 개론

하얀 달과 같은 종이에
쓰이는 먹은 글의 그림자.
반듯이 누운 글씨가 바르게 서서
문장의 구조를 이룬다.

당신의 마음속에
살 집을 짓는 중이다.

지루하고 아름다운

카페의 창밖에서 십수 분째 한 남자가
애인인 듯한 여자의 사진을 찍어주고 있다.

그가 카메라 앱 필터를 바꾸고 줌을 당겼다, 밀었다 하는 동안
그녀는 코트를 입었다가 벗었다가,
백을 들었다가, 내렸다가 하며 포즈를 취한다
사진을 나눠 보며 키득거린다.

커피는 따뜻하고 펼쳐 든 책은 한 장이 안 넘어간 채
턱을 괸 내가 내는 하품이 커다랗게 울려 퍼지는 가을 오후다.

잠깐의 거래

직거래를 하는 두 사람을 봤다.
지하철 개찰구를 마주하고
조심스러운 경계가 흐르는 풍경.

결심한 듯 손과 손이 가로지르고
서로에게 필요한 것을 건네고는
갈 길을 간다.

그 잠깐의 거래가
우리가 누군가를 만나는 과정과
참 많이 닮았다는 생각이 들었다.

새해 다짐

매해 내 다짐은 딱 하나, 착해지자고.
나이 먹을수록 체력 떨어지듯
선한 마음을 유지하는 데 더 많은 노력이 필요하다.

약해지지 않으려고 발악하며
적어도 악해지지는 않았잖아, 하고
탁해진 마음을 달래어보는.

내가 당신을 사랑할 수밖에 없는 이유

정말로 많은데
막상 시로 쓰려고 하니
또 생각이 안 나.

미안해 여보-

마스크

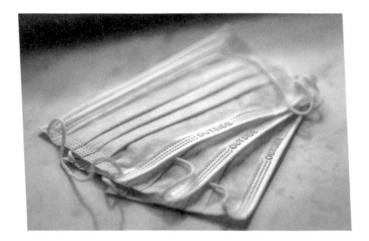

안면인식이 어려운 요즘 지하철.
당신이 웃는 건지 우는 건지 나는 몰라.

스스로의 날숨과 들숨이 전복된 채로,
가벼운 이산화탄소 중독에 몽롱한 도시.

열 받아도 열 내면 안되는
위태로운 겨울.

마스크2

마스크 맛집 하늘 약국.
주말마다 장사진 우리 동네 대박집.

뭣 모르고 마데카솔이나 사가면
정말 이상한 사람 된다.

잘못한 게 없는데 복면을 쓰고 있는 사람들.
범인이 아니라 범인(凡人).
평일에 자수하지 않은 게 죄라면 죄다.

주민등록증을 건네고 스스로를 드러냈다,
마스크를 다시 둘러쓰고 스스로를 감춘 채

집으로 간다.

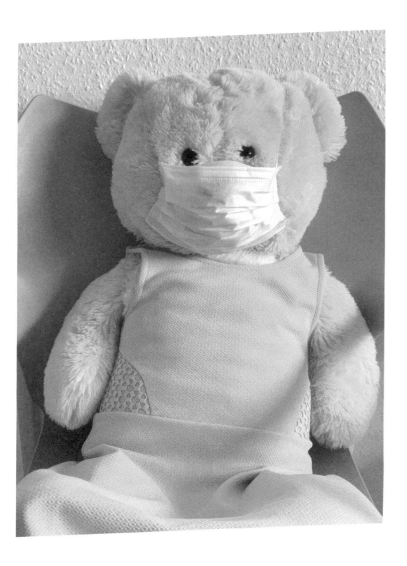

마스크 3

개학 연기한 석촌호수의 벚꽃.
이제서야 흐드러진다.

마스크를 쓴 두 남녀의 입술이 닿는다.
사랑도 어지간히 질병이다.

두 백조의 부리, 포개진 채로
호수를 가로지른다.

아줌마

따스한 봄, 산에 오르면.
나무 등걸에 등 치고 있는 건 아줌마.

봄이 왔다고, 잘됐다고
손뼉 치며 뒤로 걷는 아줌마.

꽃이면 꽃, 열매면 열매마다
수첩 케이스를 펼쳐놓고 폰으로 사진 찍는 것도 아줌마.

봄은 다 아줌마 꺼.

귀의 말

당신의 말을 가만 듣다 보면
스스로 듣고 싶어 하는 말일 때가 많아.
나는 잘못되지 않았어, 난 잘하고 있어,
외롭고 고독한 자기 자신에게 건네는 말.

입의 지분은 생각보다 높지 않나봐.
말은 입에서 나오지만
대부분 우리의 귀가 원하는 것.

말의 몫은 성대가 아니라 달팽이관이었음을.

두 귀를 쫑긋 세우고
듣고 싶은 이야기를 들려주고픈,
내 귀가 당신에게 말을 건다.

석촌 호수

한가한 벤치.

호수를 따라 흐르는 사람들.

올해 최고의 날씨.

기타 치는 아저씨 피아노 치는 아가씨.

모처럼 긴장감 없는 일요일 밤.

느낌 좋은 팝송에 내 맘대로 가사 붙이기.

그러니까, 마음의 평화.

여름 서막

사거리의 신호등이
막대 온도계의 극점처럼
빨간불을 가리키고 있다.
손은 열심히 부채질, 아니
요즘엔 휴대용 선풍기질.

아직은 배가 홀쭉한 모기가
사냥감을 처음 만나 낯을 가린다.
한껏 더워진 날씨에
아스팔트도 속이 울렁거린다.

차가워진 보리차에 닿은 혀끝은
서늘한 금속성을 띠고,
온도의 갈피를 잡지 못한
유리컵의 이마에는 땀이 송글 맺어진다.

갓 깎은 풀색의 땀방울에선 여름의 냄새.
여름의 'ㄹ'만큼이나 굽이굽이
돌고 돌아야 할 긴 여름이 성큼 다가왔다.

나는 복도 많지

나는 참 복도 많어.
두 권이나 책을 냈으니까.
그런데도, 허기 같은 게 남아 있다.

내 안에 무언가는 달라졌지만,
가라앉은 앙금처럼 세상은 고요하네.

꾸준하든지 순간 빛나게 타오르든지
뭐 어쨌건 간에
자기 존재의 증명을 잘 해보이고 싶다.

가야 되고 해야 할 게 많은 오늘 하루.
내가 부르고자 했던 것과,
불리고자 했던 것에 대해 생각해본다.

어제가 내일이었으면 좋겠다

1판 1쇄 발행 2021년 1월 27일

지 은 이 | 문현기

펴 낸 이 | 유재옥
본 부 장 | 조병권
책임편집 | 김다솜
그　　림 | 이미혜
디 자 인 | 김보라
마 케 팅 | 한민지 이주희
물　　류 | 허석용 백철기
제　　작 | 코리아피앤피

펴 낸 곳 | 올라Hola
출판등록 | 제2015-000008호
주　　소 | 서울시 마포구 토정로 222, 403호(신수동, 한국출판콘텐츠센터)
이 메 일 | hola_book@naver.com
전　　화 | 편집부 (070)4164-3960, 4245-5505 기획실 (02)567-3388
　　　　　　판매 및 마케팅 (070)4165-6888, Fax (02)322-7665

ISBN 979-11-6611-328-4 (03810)

*올라Hola는 ㈜소미미디어의 출판 브랜드입니다.